ELU

elu

Lugu **Roberto Pérez-Franco**

Illustreerinud **Margarita Cubino**

Esperanto keelest tõlkinud
István Ertl *ja* **Liina Vahtrik**

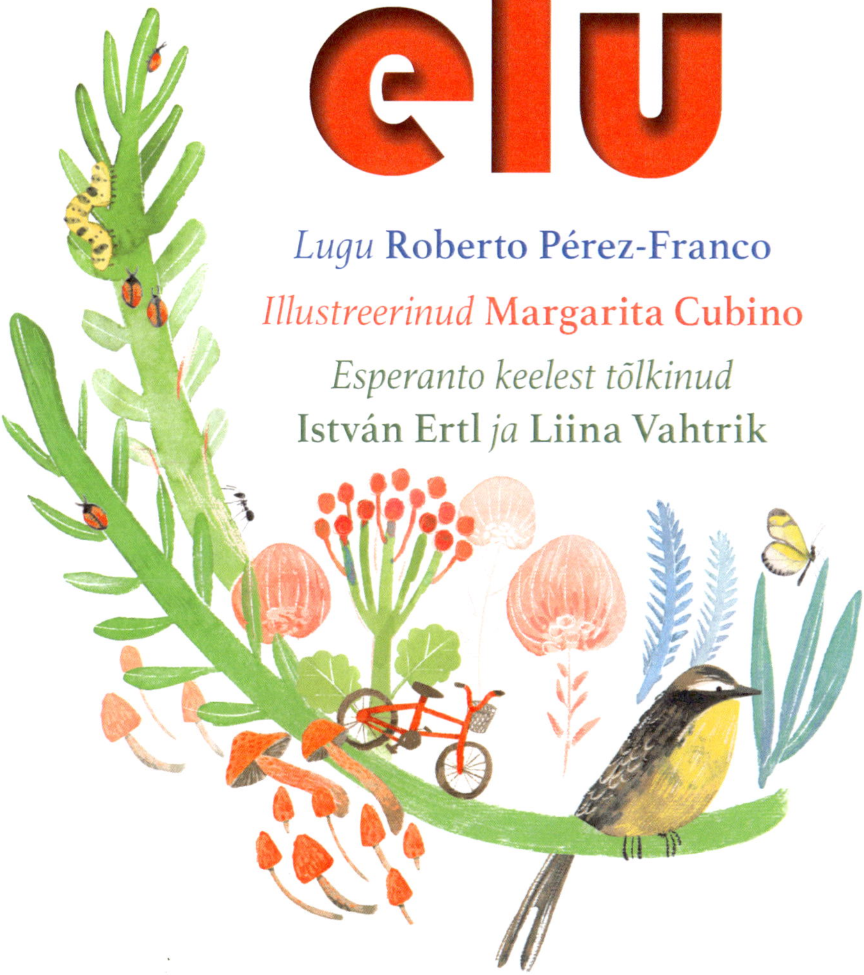

isale

Kogu elu on eksperiment.

– Ralph Waldo Emerson

Poiss vaikib. Ta vaatab ettevaatlikult üle pilliroopadrikute, lähedal asuva jõekalda poole. Puhas ja madal vesi loksub aeglaselt üle rohelise mudaga kaetud kivide. Sellest taustast eristamatult lamab tohutu ja majesteetlik kärnkonn. Tavalisele silmale on ta nähtamatu, kuid Héctorile, kes on kärnkonnade, konnade, iguaanide ja kilpkonnade seiramise meister, ei saa ta jääda märkamatuks.

Poiss liigub neljakäpukil edasi, põlved mudasse vajunud, mõeldes kadedusele, mida tema kaaslased hakkavad tundma, kui tal õnnestub see ilus isend kinni püüda. "Kui suur, kole kärnkonn!" – ütlevad nad. Aga tema kõnnib uhkelt, kandes kätel suurt rabakuningat. Veel üks samm ja loom on vaid hüppe kaugusel. Verónica hakkab teda vaatama imestunult, vastikusega eluka, kuid imetlusega tema vastu. "Millise õudsa kärnkonna sa kaasa tõid, Héctor!" ütleb ta. Tema pehme hääl aga paneb selle etteheite kõlama justkui oleks see kiitus.

Poiss näeb, et konn on juba nina ees,
peaaegu juba käes...
peaaegu...

Nüüd!

Nagu kass hüppab ta rohelistele kividele ja selgesse, keskpäevase päikese all sätendavasse vette, käed konna poole sirutatud. Kärnkonn jääb tema kindlates väikestes kätes lõksu.

Läbimärja ja haiget saanuna tõuseb poiss istukile. Ta tõstab rahulolevalt kärnkonna üles ja jälgib pikalt tema jalgade liigutusi õhus. Teda paelub selle looma koletu suurus. Kogu klass hakkab kindlasti selle kärnkonna pärast kadedust tundma. Veelgi enam: kogu kool saab teda kadestama! Milline õnn, et ta selle konna kätte sai!

Terve hommiku – alates hetkest, mil õpetaja Angélica ütles loodusõpetuse tunni lõpus, et nad peavad kõik järgmisel päeval kärnkonna kaasa tooma – polnud rahutu poiss teinud muud, kui mõelnud sellele tohutule ja ilusale olendile, keda ta oli nii palju kordi näinud ujumas, hüppamas, sääski söömas... Ühesõnaga, ta tundis seda looma väga hästi.

Ta teadis iga kohta tema kehal, iga kortsu

ja muhku. Ta teadis tema harjumusi. Talle meeldis põõsaste vahele peidetuna vaadata, kuidas kärnkonn jõe vaikses vees mängib. Pärast koolitundide lõppu, pärastlõunatel, oli poiss peaaegu nagu tema sõber. Ja nüüd avaneb tal võimalus teda Verónicale justkui karikat näidata.

Héctor sosistab kärnkonna märjale peanupule:

– Sa saad näha, kui ilus ta on! Ta näeb välja nagu väike ingel!

Konn vastab vaid kiire ja ehmunud silmapilgutusega.

Väga ettevaatlikult paneb ta looma kilekotti ja hakkab sõitma oma vana jalgrattaga, mis mööda rada nagu haavatud metssiga krigiseb, kuni jõuab keset karjamaad seisvasse pilliroost majja.

Héctor jõuab sel päeval aovalgel kooli, enne kõiki teisi. "Ärata mind varakult, ema, ma tahan esimesena kohal olla!", on ta eelmisel õhtul öelnud, kui pani kärnkonna pooleks lõigatud ja veega täidetud vanasse traktorirehvi, kust kanad tavaliselt päeva ajal joovad.

Poiss hüppas voodist välja. Ta käis kiiresti katuseta väliduši all, tähed pea kohal säramas. Ta sõi oma hommikusöögi – väikese tassi kohvi, pool värsket maisitortillat –, loputas suud ja asus rõõmsalt rattaga sõitma, kui päike vaevu oma saabumisest kaugete küngaste kohal vilksamisi teatas.

Héctor ootab klassi ukse taga, kärnkonn kilekotti pandud, ja teeb teda aeg-ajalt märjaks, et tal mugav oleks. Kärnkonn rabeleb kotis, lärmakast tegevusest ärevil. Poiss näitab ükshaaval saabuvatele klassikaaslastele oma pirakat kärnkonna.

– Vaata mu ilusat kärnkonna! – hüüab ta kõigile, keda näeb saabumas.

Vastus on iga kord sama: hämmastus, mõni vandesõna ja kohe ka üks ja sama palve:

– Las ma vaatan, las ma võtan kätte, Héctor!

Kuid Héctor, tahtes olla olukorra peremees, keeldub sellest pisut pahaselt, tundes sisimas siiski rõõmu üldise kära üle. Vahepeal on tema ja ta kärnkonna ümber kogunenud juba suur hulk koolivormis kaaslasi.

Kohale jõudes silmitseb õpetaja Angélica uurivalt lasterühma. Isegi tema ehmatab pisut nii suurt konna nähes, aga siis õnnitleb ta lootusrikkalt naeratavat Héctorit suurepärase leiu puhul.

– Ta on natuke vana, Héctor, aga meie jaoks kasulik ikka – ütleb õpetaja poisile, ta kammimata pead sasides.

Uhkust täis poiss noogutab.

Õpetaja Angélica avab ukse. Lapsed sisenevad klassiruumi ja istuvad maha.

– No nii, pange oma kärnkonnad lauale.

Kogu klassitoast on kuulda itsitamist. Kärnkonnad ilmuvad taskutest, kottidest, purkidest ja asetatakse puidust pinkidele. Need lapsed, kellel kärnkonna ei ole – võib-olla sellepärast, et nad ei leidnud ühtegi või mõte kärnkonna püüdmisest ajas neil südame pahaks –, kolivad naabri kõrvale. Verónical kärnkonna pole. Héctor märkab seda ja kutsub teda sõbraliku käeviipega oma laua juurde. Tüdruk tõuseb püsti, naeratab ja istub rabakuninga, tohutu kärnkonna juurde, kes neile hirmunult otsa vaatab, paisutades ja tühjendades oma valkjal kaelal asetsevat pauna. Õpetaja Angélica hakkab seletama.

– Lapsed, täna õpime bi-o-loo-gi-a kohta. Bioloogia on elu uurimine. ”Bio” tähendab kreeka keeles elu, ja ”loogia” tähendab uurimine, niisiis ”elu uurimine”. Täna uurime elu.

Héctor kuulab teda suu lahti. Ta püüab mõista õpetaja sõnu, mis tunduvad talle tähtsad ja targad. Ta on õnnelik, et tunni teemaks on midagi, mida ta väga hästi teab: elu. Ta teab elust

palju. Ta on seda juba väga lähedalt tajunud,
oo jaa! Ta on märganud seda jälgides väikesi
hõbedavärvilisi kalu jões. Ta on tundnud seda
veealuste kivide rohelist nahka kombates. Ta
on aimanud seda vee kohal hõljuvate vallatute
kiilide tiibadel lehvimas. Ta on näinud seda
hirmu kujul, kui teel istuvad nurmkanad tema
samme kuuldes plaginal lendu tõusevad. Ta on
selle aroomi mäe lillede pehmes lõhnas sisse
hinganud. Ta on maitsnud selle maitset küpse
mango kollases nektaris. Ta on imetlenud
selle värve liblikate tiibadel. Ja selle tuikamist
kärnkonnast sõbra kaelal, mis paisub ja tühjeneb
nagu vana Chencho akordion küla peoõhtutel.

Elu... kas pole Elu see, mis niisutab hommikuti
kastega karjamaad, kui Héctor sealt rattaga
läbi sõidab? Kas pole Elu see, mis tema nahka
põletab, kui päike saadab tema mängimist
jões? Kas pole Elu see, mis pitsitab tal kõris, kui
Verónica talle otsa vaatab? See peab see olema.
Jah. Sellest hakkab õpetaja Angélica rääkima.
Elust...

– Ma palusin teil kaasa tuua kärnkonna, noore kärnkonna. Kas kõik tegid seda?

Héctori "jah" ühineb "jahhide" laviiniga, mis õpetaja üle valab. Kuid ta karjub nii kõvasti, et ta hääl ütleb lõpuks üles ja muutub veidraks piiksatuseks, mis ajab Verónica kangesti naerma. Héctor punastab piinlikkusest!

– Väga tublid! Hästi tehtud! Aga Héctor, sinu konn on natuke suurepoolne ja vana. See võib eksperimendi veidi keerulisemaks muuta. Kas mäletate, et ma ütlesin, et kärnkonn peab olema noor?

Héctor läheb uuesti punaseks. See, et õpetaja teda klassi ees noomib, eriti tüdruku ees, teeb talle häbi. Ta ei olnud unustanud. Tal oli kaalukaid põhjuseid valida just see kärnkonn mõne noorema asemel. Esiteks, see konn ei ole lihtsalt suvaline konn: ta on raba kuningas, suurim ja ilusaim kärnkonn kogu maailmas. Teiseks, poiss tunneb teda sama hästi kui võib tunda sõpra, ja teab, et see konn ei valmista talle pettumust: olgu võidujooksus või ujumises. Tema kindlasti võidab! Ja üleüldse, ta on kõige kärnkonnam kärnkonn, mida kuskilt võiks leida! Ükski noorem konn ei suudaks teda ületada. Õpetaja noomimise võib selle nimel ära kannatada. Igatahes, niimoodi näeks kärnkonn ka seda kooli, kus ta iga päev käima peab. Eelmisel õhtul, kui konn traktori rehvis ujus, plaanis Héctor pärast loodusteaduste tundi temaga mööda kooli ringi käia. Seda kahe eesmärgiga: et rohkem lapsi tema peale kade oleks, ning et sõber kärnkonn näeks kooli kõiki salanurki, näiteks ruumi, kus hoitakse tööriistu, ja kust ta eelmisel päeval leidis halli hiirekese. Aga ka seina, kuhu ta joonistatud südame sisse punase pliiatsiga Verónica nime kirjutas. Nii palju asju...

– No nii, täna toimetame lahangut, antud juhul lahkame kärnkonna, et uurida selle sisemust. Héctor, alustame sinu konnast. Kuna ta on vana, oleks sul raske teda ise lahti saada. Las ma aitan sind.

Héctor, kes parasjagu mõttes seikles konnaga läbi koolikoridoride, reageerib veidi hilja. Ta ei kuulanud õpetajat üldse.

– Mis te ütlesite, õpetaja? – küsib Héctor segaduses.

– Ma ütlesin, et me toimetame lahangut. Alustame sinu konnast. Nii et palun too see siia...

– Kas me korraldame lahingut? Õpetaja, minu kärnkonn on küll tugev, aga juba natuke vana. Ma ei taha, et ta haiget saaks.

– Me ei korralda lahingut, Héctor. Ütlesin lahangut – seletab õpetaja.

Poiss, kes polnud vahest aru saanud, kuuletub harjumusest. Ta tõuseb püsti, võtab oma kärnkonna – kes vaatab hetkeks oma oliivroheliste silmadega Verónicale otsa – ja liigub õpetaja laua juurde.

– Nii... – alustab õpetaja Angélica. – Jää siia, Héctor, et saaksid õppida, kuidas see käib. Tähelepanu, lapsed. Esiteks võtame selle nõela ja läbistame sellega kärnkonna seljaaju.

Poiss, nähes naise pikkade sõrmede vahelt hiiglaslikku nõela sätendamas, tajub ohtu, kuid hoiab lugupidamisest end tagasi. Võib-olla see pole see, mida ta mõtleb. Parem on oodata. Õpetaja Angélica on ju ometi hea. Ta ei teeks tema kärnkonnale haiget.

– Parem on kõigil siia tulla. Tulge lähemale, lapsed. Tehke minu ümber ring. Rahulikult! Nüüd on korras. Esimene asi on, nagu ütlesin, võtta nõel kindlalt näppude vahele ja asetada see siia, just siia, kärnkonna kaela peale, ja see siis jõuga läbi suruda. Niisiis, lükkame selle läbi lülisambakanali ja raksti!, keerame üht- ja teistpidi, murrame selgroo ja lõikame läbi seljaaju. Siis võtame konnast kinni ja paneme selle selili – ütleb õpetaja, võttes kärnkonna ja keerates teda –, et see siis skalpelliga avada ja uurida selle seedesüsteemi, vereringet ja hingamisteid… ühesõnaga, kõiki süsteeme. Tõin teile mõned pildid kaasa…

Õpetaja jätab kärnkonna näoga ülespoole ja korjab üles suured paberirullid, mis ta oli põrandale jätnud. Héctor jälgib teda hirmunult. Tema suured silmad lähevad veelgi suuremaks, kui ta näeb pilti, mille õpetaja tahvlile kleebib ja millel on kujutatud lõhki lõigatud kärnkonn, kelle sisikond on hästi näha.

– Nüüd teeme seda ise. Pöörake tähelepanu, sest hiljem peate seda üksi tegema ja ma ei kavatse teid aidata. Kas see on selge? Võtame... Héctori konna.

– Õpetaja! – hüüab Héctor pisarsilmil. – Mida te mu kärnkonnaga teete?

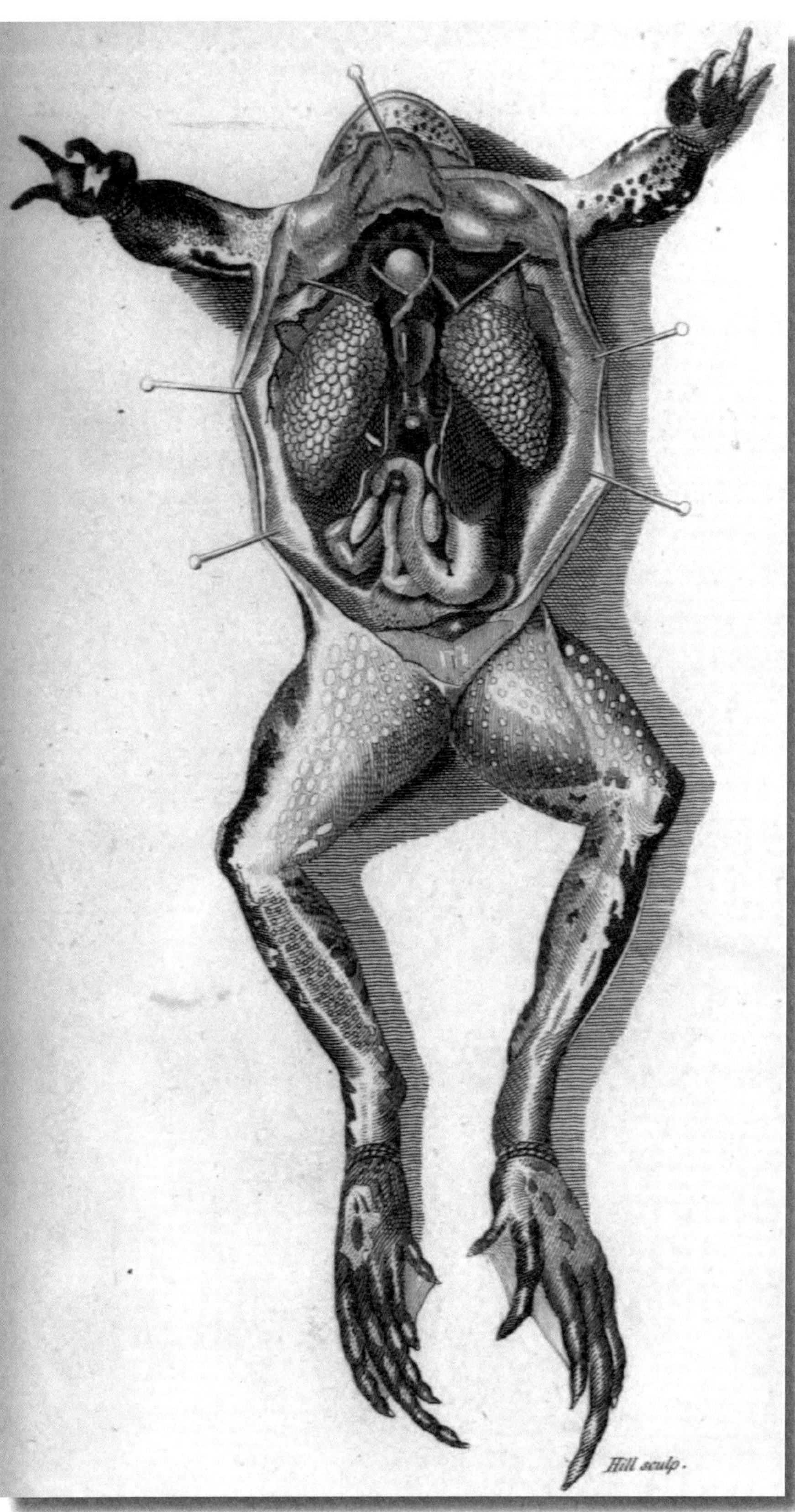

Hill sculp.

– Mis sul viga on, poiss? Miks sa nutad? – küsib õpetaja pisut üllatunult. – Ma ju ütlesin, et hakkan konna lahkama, et seda teiega koos uurida.

– Aga... aga ma ei taha. Te ütlesite, et hakkame elu uurima, mitte seda, et tapame mu kärnkonna ära.

– See on ju üks ja seesama. Kahepaiksete uurimiseks peame mõned tapma, et saaksime näha nende kehaosi.

– Ei... ma ei toonud teda selleks... Te valetasite mulle! – nutab poiss ja kisub õpetaja käest oma kärnkonna ära. – Te ütlesite, et uurime elu, mitte surma...

Héctor jookseb klassiruumist välja ja põgeneb kiiresti jalgrattaga. Õpetaja jääb talle järele karjudes maha.

N.E
Ti A.V Gl.S.L
a)
N.E.
E

Vesi voolab jões häirimatult, kiirustamata. Vaht tõmbab veepööristesse arabeske. Kiilid tantsivad luha kohal. Küpressi okste vahel hüppab kollase rinnaga lind. Puu jalamil lebades imetleb Héctor linnukese mängu. Ta kuuleb oksarao praksumist, ja vaatab tagasi: see on Verónica. Tüdruk tervitab teda ja heidab tema kõrvale pikali.

– Kas sul on kärnkonn alles?

Héctor näitab talle konna, kes on praegu kindlalt tema käte vahel.

– Õpetaja otsib sind. Ta märkis sind puudujaks ja ütleb, et tahab rääkida su emaga.

Poiss kehitab õlgu ja vastab:

– Ma ei hooli üldse. – Ja lisab naerdes: – Homme ta ei mäletagi.

– Kas sa plaanid ta endale jätta?

– Ei. Siin on tema kodu. Ma lasen ta nüüd jões lahti... samas kohas kust ma ta püüdsin. Tule minuga.

Nad kõnnivad jõe poole.

– Nad tapsid kõik teised kärnkonnad ära – ütleb tüdruk õnnetult. – Neid oli paarkümmend. Kui julm!

Héctor langetab pea ja vaikib mõne minuti. Tüdruk tõstab sõrmega ta lõua, ja annab talle musi. Siis purskavad mõlemad naerma. Poiss tõstab kärnkonna ja raputab selle koiba, et ta tüdrukuga hüvasti jätaks. Tüdruk jätab käega lehvitades hüvasti. Esimesel kokkupuutel veega hakkab kärnkonn meeleheitlikult jalgu liigutama ja sukeldub kiiresti raba põhja. Kaks last jälgivad teda seni kaua, kuni kaotavad ta silmist. Nad vaatavad vaikides rohelist tühjust, kuhu ta just kadus.

– Tahad, ma näitan sulle Elu,
Verónica? – küsib Héctor.

– Muidugi! Kas sa tead kuidas? – ütleb
tüdruk armsalt.

Poiss noogutab. Ta võtab Verónical käest kinni
ja kõnnib temaga lähedalasuva lille juurde, kus
mõned kollased liblikad õhevil lehvivad.

Õhevil on ka Héctori süda, kellele tundub äkki, just nagu pitsitaks Elu tal kurgus.

Lõpp

Roberto Pérez-Franco

sündis 1976. aastal Panamas Chitre linnas ja on viie novellikogu autor. Ta kirjutas *Elu* 1998. aastal. 2005. aastal pälvis ta José María Sáncheze riikliku lühijutuauhinna oma raamatu *Cenizas de ángel* ("Ingli tuhk") eest. Tal on bakalaureusekraad elektromehaanika erialal Panama tehnikaülikoolist ning magistrikraad logistika erialal ja doktorikraad insenerisüsteemide erialal Massachusettsi Tehnoloogiainstituudist (MIT). Pärast 12 aastat Bostonis MIT-i üliõpilase ja teadlasena emigreerus ta 2017. aastal Austraaliasse Melbourne'i, kus elab nüüd koos oma naise ja pojaga. Tema uusim töö on *Antología Esencial* ("Essentsiaalne antoloogia", 2024).

roberto.perez-franco.com

Margarita Cubino

sündis 1989. aastal Argentinas Buenos Airese Villa Lugano
linnaosas. Ta on illustraator ja disainer, kes on lõpetanud
Buenos Airese ülikooli, kus ta õpetab ka väljaande
illustraatori ja graafilise disaini erialal. Ta on illustreerinud
raamatuid Argentina, Brasiilia ja Ameerika Ühendriikide
kirjastustele. Ta alustas oma karjääri illustreerides telekanalite
Paka Paka, Encuentro, Nickelodeon ja Cartoon Network
animatsioonistuudiotes ning osaleb sellistes kollektiivides nagu
Anuario de Ilustradores, *La vuelta al mes en 30 ilustradores*, *Arenero*
ja feministlikus disainerite kollektiivis *Hay Futura*.

www.margaritacubino.com

Lugu: Roberto Joaquín Pérez-Franco (1998)
roberto@perez-franco.com
roberto.perez-franco.com

Eestikeelne tõlge: István Ertl, Liina Vahtrik

Illustratsioonid: Margarita Cubino (2022)
hola@margaritacubino.com
www.margaritacubino.com

Lahatud konna **anatoomiline plaat:** Hill (1802)
General Zoology, 3. köide, 1. osa, tahvel 30

Kirjastus: Zirie (2025)
Koostöös kirjastusega Perezoso Editores
www.zirie.art